LE NOUVEAU

CHANSONNIER

DE LA COTE-D'OR

PAR PIERRE-BÉNIGNE BOUTRON

charpentier à Lucenay-le-Duc.

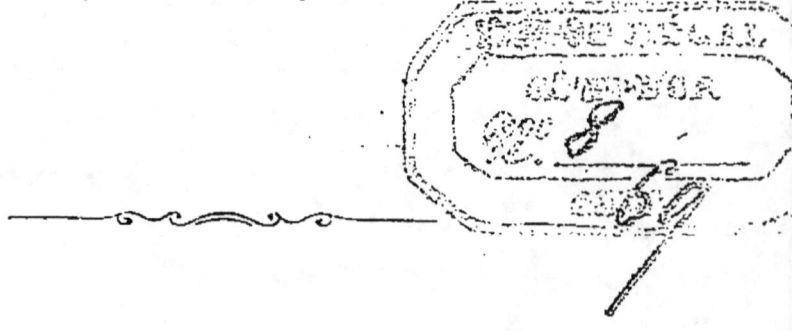

DIJON

IMP. J.-E. RABUTOT, PLACE SAINT-JEAN, 1 ET 3

1868

NAPOLÉON Iᴇʀ AU PARADIS

Aɪʀ ᴅᴇ : *Napoléon et Joséphine.*

Si je reparais sur la terre,
C'est pour revoir tous ces pays
Où je fis autrefois la guerre ;
Mais je n'y vois plus d'ennemis.
L'Europe a donc changé de face :
Je ne retrouve que des amis,
Et mon neveu qui tient ma place
Comme le chef du Paradis.

En me revoyant sur la terre,
Ça vous étonne, ô mes amis ;
Pour vous c'est le plus grand mystère,
Car je descends du Paradis.
Je viens vous rendre une visite,
Avec permis je suis sorti.
Dieu m'a dit : « Va, descends bien vite,
Et reviens vite au Paradis. »

Mais dans cette courte visite,
Mes amis, je vais vous conter
Comment je suis parvenu vite
Vers l'Eternel pour l'adorer.
Voyez, je ne suis plus mon maître ;
Dieu me traite comme ses amis.
Un beau jour je voulus paraître
A la porte du Paradis.

Mon âme, toujours ambitieuse,
De Sainte-Hélène s'est envolée;
Désirant d'être plus heureuse,
Vers le ciel elle était montée.
Tout à coup je frappe à la porte...
Vraiment j'eus peur, ô mes amis.
Dieu dit : « Qui frappe de la sorte
A la porte du Paradis? »

Je réponds à l'Être suprême :
« Reconnaissez-vous un guerrier?
C'est Napoléon qui vous aime,
Seigneur, daignez donc m'écouter. »
Et tout à coup la porte s'ouvre...
Que vois-je au ciel, beaucoup d'amis!
Oh! c'était plus beau que mon Louvre;
Car je voyais le Paradis.

Dieu me dit : « Fils de Bellone,
Que viens-tu chercher par ici?
Croirais-tu que je te pardonne?
Tu m'as donné trop de souci.
Pendant vingt ans tu fis la guerre,
Je sais, c'était aux ennemis;
Mais, comme tu dépeuplais la terre,
Tu as perdu le Paradis. »

Mais, Seigneur, si j'ai fait la guerre,
C'est vous qui me l'avez permis;

Et, si j'ai dépeuplé la terre,
J'ai repeuplé le Paradis ;
Car je vois mes compagnons d'armes,
Et même ici je vois mon fils.
Ah! Seigneur, je verse des larmes
A la porte du Paradis.

Oh ! comment, tu verses des larmes,
Toi qui fus couvert de lauriers !
Mais cependant tu me désarmes,
Entre ici, mon brave guerrier ;
Entre dans mon séjour de gloire ;
Prends place auprès de tes amis.
Ton nom brillera dans l'histoire,
Et ton âme dans le Paradis.

Voyez donc votre empereur de France
Assis aux pieds de l'Eternel.
Oh ! pour moi quelle récompense !
Car mon nom sera immortel
Au ciel et même sur la terre.
J'eus et j'aurai beaucoup d'amis ;
Aussi le maître du tonnerre
Me place dans son Paradis.

Pour mériter ma récompense,
J'ai rendu gloire à l'Eternel :
Etant consul de France,
Oui, je fis briller ses autels.

Mes amis, suivez mon exemple,
Pardonnez à vos ennemis;
Adorez Dieu dans son saint temple,
Pour mériter le Paradis.

En attendant Marie-Louise,
Qui doit venir au Paradis,
Ici Joséphine m'est soumise,
Comme elle me l'était à Paris.
Oh! cette digne impératrice,
Sur la terre eut beaucoup d'amis;
Du pauvre elle fut la protectrice
Pour mériter le Paradis.

En revoyant ma belle France,
J'ai trouvé bien du changement;
Du ciel descendu en Provence,
J'ai pris un wagon lestement.
Mes amis, comme ça marche vite!
De suite j'arrive à Paris,
Et je peux repartir de suite
Dans un ballon au Paradis.

Pour annoncer mon arrivée,
Faut-il écrire à l'Eternel?
Mais non, il connaît ma pensée,
Il veut que je remonte au ciel.
Charmé de ma courte visite,
Adieu, adieu, mes bons amis;

Adieu, et je m'envole de suite
Auprès de Dieu au Paradis.

LE PETIT CHAPEAU

AIR DE : *Napoléon et Joséphine.*

On vit les maîtres de la terre
Essayer le petit Chapeau,
Le poser sur leur front sévère;
Mais pour eux c'était un fardeau.
Cette coiffure n'était pas faite
Pour couvrir leur faible cerveau :
Dieu nous réservait une tête
Pour porter le petit Chapeau.

De Dieu admirons la puissance,
Car il est le maître des rois;
Il est le maître de la France,
Et nous devons suivre ses lois.
Quand il veut, pour notre patrie,
Tout brille d'un éclat nouveau.
Il nous change de dynastie
Par un simple petit Chapeau.

Ce Chapeau du grand capitaine
Fut retrouvé sur un rocher;
Sur le rocher de Sainte-Hélène,
Philippe l'envoya chercher.

C'est une page dans son histoire,
Et pour l'Anglais, que c'était beau
De nous rendre, pour notre gloire.
Le célèbre petit Chapeau.

On déposa aux Invalides
Le modeste petit Chapeau.
Gardé par des hommes solides,
Il reposa sur un tombeau.
Mais tout par un beau jour de fête,
Il ressuscita de nouveau,
Quand l'héritier orna sa tête
Du célèbre petit Chapeau.

Dans la campagne d'Italie,
A la tête de son drapeau,
Il exposa beaucoup sa vie,
Mais il avait son petit Chapeau.
Ce drapeau fit peur à l'Autriche
En brillant d'un éclat nouveau ;
Et devant lui François déniche
En voyant le petit Chapeau.

Mais si l'Autriche s'épouvante
En voyant le petit Chapeau,
L'Italie, plus reconnaissante,
Se rangea sous son drapeau.
Les Autrichiens versent des larmes
De regret à Solférino ;

Les Italiens prennent les armes
Pour seconder le petit Chapeau.

Abandonné de l'Allemagne,
Joseph dit au petit Chapeau :
« Il faut terminer la campagne,
Car moi je replie mon drapeau.
Signons la paix vite et de suite;
J'ai eu peur à Solférino :
Tous mes soldats prennent la fuite
En voyant votre petit Chapeau. »

Napoléon, plein de clémence,
Dans sa main tenait son chapeau,
Quand Joseph vint en sa présence.
Pour lui que ce jour était beau !
Tout à coup la guerre se termine,
La paix signée dans un château,
François vers l'Autriche chemine,
Vaincu par le petit Chapeau.

Après que la paix fut signée,
On écrivit sur un drapeau :
« C'est au chef de la grande armée
Qu'appartient le petit Chapeau ;
Couronné par tant de victoires,
Il brille d'un éclat nouveau.
Ce Chapeau fait toute notre gloire,
Gloire immortelle au petit Chapeau.

★

LA GRAND'MÈRE DES DEUX EMPIRES

AIR DE : *La Vieille Grand'Mère.*

Oh ! grand'mère, que tu es vieille !
On dit que tu as cent ans,
Tu vis donc pour voir des merveilles
Et ton guerrier de vingt ans !
Réveille-toi vite, car tu dors,
Et accours vite aux Invalides :
Il est là comme un trésor
Gardé par des hommes solides ;
Les Anglais nous l'ont rendu,
Oh ! que la *Belle Poule* était fière
De ramener le petit Tondu,
Pour le faire voir à la grand'mère,
    A la grand'mère.
Mais ce n'est pas tout, grand'mère,
Grand'mère, mais ce n'est pas tout,
Mais ce n'est pas tout, grand'mère
Grand'mère, mais ce n'est pas tout.
    Mais ce n'est pas tout.

Mais ce n'est pas tout, grand'mère,
Nous avons un autre empereur,
Qui rend la France bien fière,
En faisant notre bonheur.
C'est aussi un grand héros,

Allez, il ne craint pas la guerre,
Héritier du petit Chapeau,
Il braverait l'Europe entière,
Oh! c'est Dieu qui l'a voulu
Pour gouverner notre patrie;
Sans lui nous serions perdus,
Il nous sauva de l'anarchie,
   De l'anarchie,
Mais il n'est pas fier, grand'mère,
Grand'mère, mais il n'est pas fier;
Mais il n'est pas fier, grand'mère,
Grand'mère, mais il n'est pas fier,
   Mais il n'est pas fier.

Tu pourras le voir, grand'mère,
La promenade est de bon goût :
Il visitera ta chaumière,
Car il se montre partout.
Tu verras ce bienfaiteur,
Il récompense le mérite,
Il te donnera la croix d'honneur,
Et, pour le prix de sa visite,
Prie Dieu qu'il vive cent ans,
Tout comme toi, ma bonne vieille.
Et ce beau règne de cent ans
Sera un siècle de merveilles.
   Oui de merveilles.
Ah! prie Dieu pour lui, grand'mère,

Grand'mère, ah ! prie Dieu pour lui.
    Etc.

Aussi pour l'impératrice,
Grand'mère, il te faut prier.
Cette puissante protectrice
Veut aussi te protéger.
Chacun connaît ses bienfaits ;
Tous les affligés la révèrent.
Oh ! c'est bien elle, en effet,
Que Dieu nous a donnée pour mère,
La charité, la douceur,
Font de notre impératrice
Un vrai ange consolateur.
Oh ! c'est une sainte à l'hospice,
    Oui à l'hospice.
Oh ! prie Dieu pour elle grand'mère,
Grand'mère, oh ! prie Dieu pour elle,
    Etc.

Mais puisque tu es grand'mère,
Tu ne dois pas oublier
Le jeune prince dans ta prière,
Car il veut te protéger.
Oh ! comme il aime tes enfants,
Comme il respecte ta vieillesse
Et ton âge de cent ans !
Admire, admire dans sa jeunesse
Ses qualités, son bon cœur.

Que Dieu exauce ta prière
Pour qu'il soit un jour notre empereur,
Et qu'il imite en tout son père,
En tout son père.
En priant pour lui, grand'mère,
Grand'mère, tu prieras pour nous.
En priant pour lui, grand'mère,
Grand'mère, tu prieras pour nous.
Tu prieras pour nous.

L'ART DE FAIRE FORTUNE
Dans tous les Métiers

AIR DE : *La Barque à Carron.*

Aujourd'hui, pour faire fortune,
Tout chacun change de métier.
Nous voyons dans ce monde entier
Que cette mode est très commune.

Voilà comme on fait à présent
Pour ramasser beaucoup d'argent.

L'épicier vend de la salade,
L'apothicaire vend des navets,
Le cafetier vend des balais,
Le maçon traite les malades.
Voilà, etc.

L'orfèvre vend des allumettes,
Le bijoutier vend des sabots,
Le perruquier vend des fagots,
Et le charron fait des lunettes.
      Voilà, etc.

Le charcutier fait des brioches,
Le pâtissier fait des couteaux.
Le serrurier fait des tonneaux,
Le tonnelier vend des galoches.
      Voilà, etc.

On ne trouvera pas étrange
Que le tailleur vend des oignons,
Le chapelier vend des marrons,
Le tanneur de la fleur d'orange.
      Voilà, etc.

Le charpentier fait des savattes,
Le menuisier fait des ciseaux,
Le plâtrier fait des râteaux,
Et le couvreur vend des cravattes.
      Voilà, etc.

Le peintre vend des savonnettes,
Le jardinier vend du savon,
Le cuisinier file du coton,
Le teinturier fait des clochettes.
      Voilà, etc.

Le maréchal vend des plumes,
Le ferblantier vend du cresson,
Le forgeron vend du mouton,
Le tisserand forge des enclumes.

    Voilà, etc.

Le pâtre se fait journaliste,
Et le berger fait des chansons;
Le porcher joue du violon,
Le dindonnier se rend modiste.

    Voilà, etc.

Le bûcheron fait des gazettes,
Le charbonnier fait des tableaux,
Le cordonnier fait des chapeaux,
Et le marin vend des noisettes.

    Voilà, etc.

Le boucher vend de la friture,
Et le confiseur vend des bœufs,
Le vétérinaire vend des œufs,
Le médecin de la pressure.

    Voilà, etc.

Le juge vend des crinolines,
Et l'avocat vend des jupons,
Le procureur vend des chansons,
Et l'huissier noûs vend des bottines.

    Voilà, etc.

L'astronome fait des corbeilles,
Et l'horloger fait des paniers,
Le rédacteur vend des colliers,
Et le bourrelier fait des bouteilles.

    Voilà, etc.

Le rentier demande l'aumône,
Le vigneron fait des fuseaux,
Le sabotier fait des bateaux,
L'ignorant se dit astronome.

    Voilà, etc.

Le Saint-Père nous tient dans sa manche,
Et l'archevêque dans son filet,
L'évêque nous coiffe de son bonnet,
Le curé nous prêche le dimanche.

    Voilà, etc.

La modiste coiffe les ânes,
Et la lingère les blanchit ;
La couturière fait leurs habits ;
Toutes les filles aiment les crânes ;
La grisette attire les amants
Pour ramasser beaucoup d'argent.

Le ramoneur blanchit le linge,
Le chaudronnier fait des bijoux,
Le chiffonnier ramasse tout,
Et le comédien fait le singe.

    Voilà, etc.

Pour marier sa demoiselle,
Vous savez que maître l'huilier
De métier a voulu changer,
Car il fabrique de la chandelle.
     Voilà, etc.

Le bon laboureur dans la plaine
Cultive le champ de son voisin;
C'est pour vendre un peu plus de grain,
C'est pour augmenter son domaine.
     Voilà, etc.

On sait bien que c'est l'habitude
Que le notaire devient goujat,
Et le goujat vend de l'orgeat,
A tout passant dans son étude.
     Voilà, etc.

Vous savez que c'est l'ordinaire
Que le meunier dans son moulin,
S'enrichit avec notre grain;
Il en nourrit son dromadaire.
     Voilà, etc.

Quand on a du foin dans ses bottes
Et de l'argent dans son gousset,
Faites attention à ce couplet,
Et prenez garde à vos culottes.
N'allez pas dire en voyageant
Que vous avez beaucoup d'argent.

Si vous voulez faire une course
Et si vous voulez voyager ;
Si vous voulez boire et manger,
Ah! n'oubliez pas votre bourse,
Vous saurez que le restaurant
Veut ramasser beaucoup d'argent.

Dans le fond d'une grande cave,
Mais le cabaretier plus malin,
Sait bien tafiquer son bon vin
Avec du jus de betterave.
    Voilà, etc.

Mais faire deux métiers c'est propice,
Vous savez que le boulanger
De métier ne veut pas changer,
Le sien lui fait du bénéfice,
Il vend du pain bis pour du blanc
Pour ramasser beaucoup d'argent.

Mais l'instituteur nous éclaire
En nous instruisant chaque jour,
Et c'est en allumant son four,
Car le feu produit la lumière.
D'éclairer il est bien content
Pour ramasser beaucoup d'argent.

O vous qui cherchez la fortune
Et voulez un gros revenu,

Allez aux pays inconnus
Et vous y pêcherez la lune.

Quand vous l'aurez vous serez content,
Vous la vendrez beaucoup d'argent.

Prenez pitié du pauvre poète
Qui n'amasse pas de trésor ;
Il voudrait bien avoir de l'or,
Tout en chantant sa chansonnette.
De chanter il serait content,
S'il ramassait beaucoup d'argent.

TOUTES VÉRITÉS

NE SONT PAS BONNES A DIRE.

Air à faire.

Approchez de moi, curieux,
Je suis un voyageur fameux,
Ouvrez bien grandes les oreilles,
Je vais raconter des merveilles
     Attention,
Ecoutez ma narration.

J'ai vu tout comme je vous vois
Dans une coquille de noix,
Douze éléphants à la lisière
En dansant passer la rivière.

Un gros dindon
Pour eux jouait du violon.

J'ai vu à l'exposition
Un loup croqué par un mouton,
Un renard pris par une poule,
Quatorze huîtres dans une moule,
    Un moucheron
Deux fois comme un potiron.

J'aperçus un hareng sauret
Jouant très bien du flageolet.
Un merle dans une friture
Près de là battait la mesure,
    Et dans un œuf
Aisément valsait un gros bœuf.

Un jour une taupe conduisait
Trois ânes en cabriolet,
Attelé par quatre tortues,
Courant la poste dans les rues,
    Un limaçon
Devant servait de postillon.

J'ai vu, le fait est bien certain,
Un homme sans bras et sans mains,
Avec de la grosse ficelle
Raccommoder fine dentelle ;
    Mais il fallait
Surtout voir comme il tricotait.

J'ai vu, ceci n'est point un jeu,
Suspendue après un cheveu,
Une très forte et lourde enclume
Plus un oiseau volant sans plumes,
    A l'Opéra
Un mort chanter alléluia.

J'ai vu dans un livre tout blanc
Quatre pages de l'Alcoran,
Un aveugle avec des lunettes
Lisant très bien mes chansonnettes;
    Un muet chantait
Auprès d'un sourd qui l'écoutait.

J'ai vu pour dessert un gourmand
N'ayant plus une seule dent,
Manger six grands plats de bouillie,
Une belle dinde farcie,
    Trente perdrix,
Et cent douzaines de biscuits.

J'ai vu, je ne suis pas menteur,
Un normand, honnête tailleur,
Faire six manteaux d'une veste,
Tailler sept gilets dans le reste;
    Dans les coupons
Trouver encore douze pantalons.

J'ai vu dans un autre pays
Un chat avec seize souris,

Coiffés de pelures d'amandes,
Exécuter une allemande,
    Finalement
S'embrasser amoureusement.

Dans un salon je vis un jour
Un vieux bossu jouer l'amour;
Trois guenuches, par leurs grimaces,
Y représentaient les trois Grâces,
    Et pour Vénus,
On y voyait la mère Camus.

Pour écouter cette chanson,
Ce matin je vis un oison,
Venir exprès dans ma demeure
Battre des mains pendant une heure;
    Un perroquet,
Pour m'applaudir, plus loin sifflait.

Si mes couplets vous semblent fous,
Tant mieux pour moi, tant pis pour vous.
Mais ils peuvent prouver, je pense,
Qu'à Paris, à Londres, à Florence,
    Dans chaque coin,
A beau mentir qui vient de loin.

Air à faire.

Femme, voulez-vous éprouver
Tous les plaisirs de la tendresse ?
Eh ! qui ne pourrait vous aimer
En admirant votre jeunesse !
Mais en possédant la vertu,
Oh ! que vous paraissez aimable ;
Mais si vous égalez Vénus,
Oh ! que vous ravissez notre âme.

Chez vous on trouve la douceur
Toujours avec la modestie,
C'est vous qui faites notre bonheur,
C'est vous qui charmez notre vie,
Vous savez plaire en tous les temps,
Et vous savez plaire à tout âge ;
Mais sachez jouir du printemps,
Il passe trop vite, dit le Sage.

Adam, le père du genre humain,
S'ennuyait d'être solitaire,
Mais en se réveillant soudain,
Il eut le paradis sur terre.
Il s'écria : Dieu de bonté,

Dieu de bonté, quelle merveille !
Quand Dieu lui donna sa beauté
Pour sa compagne à son réveil.

La fille d'Eve de nos jours,
En imitant beaucoup sa mère
Doit nous inspirer de l'amour.
Aussi, amis, sachons lui plaire,
C'est Dieu qui la créa pour nous,
Aimons la fille, aimons la mère ;
Pour le prouver, embrassons-nous,
C'est le paradis sur la terre.

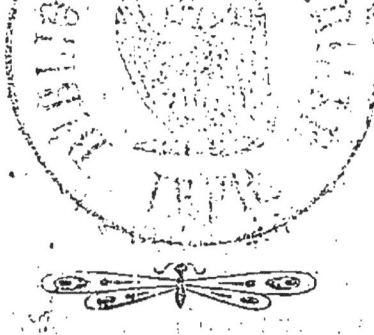

DIJON, IMPRIMERIE J.-E. RABUTOT.

SUITE

DU

NOUVEAU CHANSONNIER

de la Côte-d'Or

PAR

Pierre-Bénigne BOUTRON

Charpentier à Lucenay-le-Duc

———

LA CAMPAGNE DE FRANCE

AIR : *Pour le courage et l'énergie.*

Pour sauver notre belle France,
Chaque soldat vaut un César,
En combattant avec vaillance
Pour soutenir notre étendard.
J'ai vu nos braves de tout âge
S'enrôler pour le champ d'honneur ;
Mais c'est en prouvant son courage
Que le soldat reste vainqueur,
　　Reste vainqueur.

Chantons, amis, nos preux fils de Bellone,
Qui seront à jamais inscrits sur la Colonne,
Et répétons toujours en chœur :
Gloire au soldat qui montre sa valeur !
Et répétons toujours en chœur :
Gloire au soldat qui meurt au champ d'hon-
[neur ;

Sauvez notre belle patrie,
Sauvez la France avec honneur ;
Sauvez des épouses chéries,
Qui prient pour vous de tout leur cœur.
Sauvez vos amis et vos frères,
Tous vos parents et nos foyers ;
Quand Dieu exaucera nos prières,
Vous serez couverts de lauriers,
Couverts de lauriers.
Chantons, amis, nos preux fils de Bellone.

Sauvons notre belle patrie,
Des fureurs de nos ennemis,
Et si l'Europe nous oublie,
Défendons tous notre pays ;
Repoussons les troupes allemandes,
Expulsons tous ces étrangers ;
Notre patrie nous le commande,
Elle saura nous récompenser,
Récompenser.
Chantons, amis, nos preux fils de Bellone.

Ne pensons plus à la conquête
De la Prusse ni de Berlin,
Mais la paix sera notre fête
Pour dissiper notre chagrin.
Grand roi, il faut cesser la guerre,
Ou l'Eternel vous maudira;
Laissez-nous cultiver la terre
Et le commerce fleurira,
    Refleurira.
Chantons, amis, nos preux fils de Bellone.

O ma patrie, que tu es fière
De retrouver ta liberté!
Après cette terrible guerre,
Tu peux répondre avec fierté
Aux rois de ces peuples esclaves,
S'ils venaient pour nous asservir,
En nous criant : Rendez-vous braves,
Nous répondrons : Vaincre ou mourir,
    Vaincre ou mourir.
Chantons, amis, nos preux fils de Bellone,
Qui seront à jamais incrits sur la Colonne,
Et répétons toujours en chœur :
Gloire au soldat qui montre sa valeur!
Et répétons toujours en chœur :
Gloire au soldat qui meurt au champ d'hon-
                  [neur!

LE CONSCRIT

QUI N'OUBLIE PAS SA MAITRESSE

AIR de *la Chasse.*

Allons, chasseur, vite en campagne,
Entends-tu le son du clairon,
    Ton ton,
    Tontaine, ton ton?
Nous allons combattre en Champagne,
Fais tes adieux à ta Suzon,
    Ton ton,
    Ton ton, tontaine, ton ton.

Adieu, ma chère amie Suzette,
Adieu donc, ma brave Suzon,
    Ton ton,
    Tontaine, ton ton.
Il faut suivre la clarinette,
La clarinette et le clairon,
    Ton ton,
    Ton ton, tontaine, ton ton.

Tu vas donc combattre Guillaume,
Mais méfie-toi de son canon,
  Ton ton,
  Tontaine, ton ton.
Et ne verse pas une larme,
En quittant ton amie Suzon,
  Ton ton,
  Ton ton, tontaine, ton ton.

Si mon amour me rend sensible,
Je vais me mettre à la raison,
  Ton ton,
  Tontaine, ton ton.
Mais je ferai tout mon possible
D'éviter la gueule du canon,
  Ton ton, tontaine, ton ton.

Au régiment j'ai mon petit gage,
Mon colonel me fait clairon,
  Ton ton,
  Tontaine, ton ton.
Cette musique m'encourage,
Mais je n'oublie pas ma Suzon,
  Ton ton,
  Ton ton, tontaine, ton ton.

Puisqu'on me donne pour boire chopine,
J'en ferai sauter le bouchon,
    Ton ton, ton ton.
Je m'en irai à la cantine,
En faisant sonner mon clairon,
    Ton ton,
    Ton ton, tontaine, ton ton.

Je me plais chez la cantinière,
Quelquefois j'y perds la raison,
    Ton ton, ton ton,
    Tontaine, ton ton,
Car elle sait bien me satisfaire ;
Là je ne crains pas le canon,
    Ton ton,
    Ton ton, tontaine, ton ton.

Si la vivandière veut me suivre,
Elle remplacera ma Suzon,
    Ton ton, ton ton,
    Tontaine, ton ton.
Mais si son madère m'enivre,
Je lui jouerai de mon clairon,
    Ton ton,
    Ton ton, tontaine, ton ton.

Mon colonel paie chopinette,
Mais il aime aussi ma Fanchon,
  Ton ton, ton ton,
  Tontaine, ton ton.
Et moi, trop jaloux, je déserte,
Pour aller revoir ma Suzon,
  Ton ton,
  Ton ton, tontaine, ton ton.

Et mon colonel me pardonne
D'aller retrouver ma Suzon,
  Ton ton, ton ton,
  Tontaine, ton ton.
Nous avons chacun notre bonne,
Et chacun joue de son clairon,
  Ton ton,
  Ton ton, tontaine, ton ton.

Ce qui rend ma joie satisfaite,
On m'annonce au son du canon,
  Ton ton, ton ton,
  Tontaine, ton ton,
Que la paix sera bientôt faite,
Et moi j'épouse ma Suzon,
  Ton ton,
  Ton ton, tontaine, ton ton.

Mais si l'on continue la guerre,
Je présenterai ma Suzon,

Ton ton, ton ton,
Tontaine, ton ton,

Comme une belle cantinière,
Qui suivra partout son clairon,

Ton ton,
Ton ton, tontaine, ton ton.

Dijon, imp. Rabutôt.

www.ingramcontent.com/pod-product-compliance
Lightning Source LLC
Chambersburg PA
CBHW061607180626
46818CB00005B/1989